habeas corpus

habeas corpus

12 sonetos e uma ode pública

Douglas Pompeu

jabuticaba

Dados Internacionais de Catalogação na Publicação (CIP) de acordo com ISBD

P788h Pompeu, Douglas

habeas corpus: / Douglas Pompeu. - São Paulo : Edições Jabuticaba, 2022.
32 p. ; 14cm x 21cm.

Inclui índice.
ISBN: 978-65-00-55594-3

1. Literatura brasileira. 2. Poesia. I. Título.

2022-3469 CDD 811
CDU 821.111(73)-1

Elaborado por Odilio Hilario Moreira Junior - CRB-8/9949

Índice para catálogo sistemático:
1. Literatura americana: poesia 811
2. Literatura americana: poesia 821.111(73)-1

Revisão: Marcelo Lotufo
Design miolo: Marcelo Lotufo
Design e imagem da capa: Douglas Pompeu e Marcelo Lotufo

ISBN 978-650055594-3
9 786500 555943

Edições Jabuticaba
www.ediçõesjabuticaba.com.br
www.facebook.com.br/Edjabuticaba
instagram: @livrosjabuticaba

SUMÁRIO

Mais do que um país, uma cascata
num despenhadeiro de golpes.

Mostrará minha cabeça ao povo,
agora sim ela vale a pena.

habeas corpus

Aos (e)leitores

Em janeiro do ano eleitoral de 2018, depois de longas e recorrentes acusações por crimes como lavagem de dinheiro, falsidade ideológica e ocultação de patrimônio, um presidente democraticamente eleito foi, pela primeira vez desde a Constituição de 1988, condenado criminalmente em segunda instância. Além da sentença ter sido unanime, os desembargadores quiseram ampliar a pena para doze anos e um mês de prisão. As conclusões eram de que ele recebeu propina de um esquema de corrupção em uma das maiores petrolíferas do mundo, a Petróleo Brasileiro S. A., e que essa propina foi entregue em forma de um triplex. Na falta de provas cabais para a acusação, os procuradores se mostraram, no entanto, convictos.

Antes da condenação houve dois pedidos de recurso por parte de sua defesa e o cumprimento da pena se iniciaria após o esgotamento de recursos possíveis. A defesa do candidato requisitou habeas corpus no Superior Tribunal de Justiça, onde foi rejeitado por unanimidade, e ao Superior Tribunal Federal, onde o habeas corpus preventivo também foi rejeitado pelos ministros por 6 votos contra e 5 a favor.

Os textos a seguir saíram integralmente destes onze votos dos ministros do STF. Foram compostos livremente com as palavras de cada um dos legisladores, assim como a ode que encerra este livro foi tirada do discurso do ex-presidente na frente do Sindicato dos Metalúrgicos do ABC, um dia depois de ser decretada sua prisão, quando, depois de discursar, ele deixou por fim a sede do sindicato, e atravessando a massa de militantes contrariados com a sua decisão, subiu no carro descaracterizado da Polícia Federal.

São Paulo, 12 de abril de 2022

Aberta essa sessão plenária,
com a palavra os ministros:

fachin

Passo ao exame do mérito:
trata-se de ato concreto,
de abuso de poder, do objeto
que já indica o remédio

do que sinto e do que não
sinto. Vejam o notório caso
Maria da Penha, a intenção
de eletrocutá-la anos a fio,

apurem o silêncio do Sétimo
Garibaldi de Querência do Norte,
ou Damião Ximenes Lopes,

de Sobral, e por fim as genitais
mutiladas das crianças maranhenses,
quem não condena, condenado está.

mendes

Posso ter modos de bobo
e babar na gravata. Mas
trabalhei no mutirão de réus,
trabalhei com pobres –

se eram pretos ou putas?
Fui a Bangu, fui à Pedrinhas,
em todas as esferas: pobres.
Julgar ao sentimento da rua

não dá presidente, não dá.
Até o bom *volksgeist* torna-se
escabroso às minhas parcas

luzes. É preciso ler nas estrelas
a fórmula do tudo ou nada,
o pensamento possível, a dúvida.

moraes

Com o devido respeito discordo.
A questão me parece,
– como se de início penso –
ser justamente a resposta

da presente hipótese: todo
acusado se presume inocente
até ser declarado culpado
frente provas diabólicas.

Como pode a quinta turma
errar ao agir com total acerto?
Toda presunção é relativa.

Quem erra por consistência e
com cognição plena inverte
a verdade, cultiva jabuticabas.

barroso

Tendo a minha posição vencida,
cuida revisar provas e fatos
e aferir acerto ou desacerto, ser
ou não ser, vale dizer: o jornalista mata

a namorada pelas costas. Dez anos
depois, o pai da moça o ameaça
a morrer feito um frango. E
o senador circula livre em carros

de luxo, dá gorjetas fartas. Tudo
compensa o cherokee do futebolista
saindo da balada. A chacina, a gruta,

o torturador notório, o propinoduto,
o paraíso de fascínoras: nenhum país
oscila tanto entre o ridículo e o absurdo.

weber

Enquanto voz e voto coletivos,
a conjugação em uníssono da corte,
voltada a face gentil dos poderosos
e as distintas naturezas dos juízes,

é difuso o conceito de justiça.
Na dimensão de igualdade, daí se
compreende *prima facie* a palavra
justa sobre o direito necessário.

Ponto de partida: fale menos, seja.
Essa primeira vale pela última,
pois lhe falta rigidez e lógica.

Sob as lentes do *stare decisis*
consistência falta. O óbvio
destaco e as razões denego.

fux

Alega-se em síntese o equívoco.
Como a lei parece clara e sua vontade
contrária ao apego, ao dispositivo?
Só a antiguidade traz conforto.

É urgente a reviravolta do sentido.
Considerar culpada a palavra,
veículo do pensamento, má moradia.
Até mesmo a clareza exterior ilude:

esses brocardos são falsos e inexatos,
fontes de confusões, desequilíbrio.
Ninguém pode ser preso. Faz sentido,

é inegável. Ante o exposto, declaro
a extinção do condenado. Outros meios
haverá para julgá-lo à luz de sua origem.

toffoli

Reputo pertinente ao que passo,
na medida em que o inocente,
foi tratado como acusado adequado,
por controle de excessos, por justiça

ou pela injustiça de sentenças.
Como salienta Eros, textos não
são só tiras ou pedaços.
Pelo respeito, pelo que eu mesmo

temo, pela antiguidade, por presos
sem fundamento como juiz,
Ministro do Embrulho, divirjo.

Nem tanto ao mar ou à terra.
O que é culpado? A realidade
que não e nunca conhecemos.

lewandowski

No papel, a mutação do texto
salta aos olhos de setecentos
mil com provisória inocência:
"ninguém será culpado e preso,

seja a que pretexto a exegese
dê sentido à boa-fé". Ou seja,
o lume da vida não se traduz
em regra de prisão ou exceção

à liberdade. Porém no fundo
da súmula, não valem decisões
perante erudição. A realidade

é barreira intransponível no país
do mundo que mais prende
por texto, pretexto e ocasião.

aurélio

Longe de mim a postura,
a hipocrisia. É certo que
esta capa atribui dever,
preceitos de envergadura.

No rol de direitos,
considero o figurino
do artigo, o dever de manter
a prevalência da lei,

das leis da República, pinço
em bom vernáculo,
em textual alcance de todos:

uma coisa é ou não é
criação de jabuticabas
no outono do *quartier latin*.

de mello

Nos pródromos da República
quando Marechal Floriano
Peixoto confrontado pelo poeta
Olavo Bilac reage: "se os juízes

concedem hoje habeas corpus
aos políticos, quem lhes dará
amanhã o remédio à perversão
da ética, do poder e do direito?"

Ali revela-se a nossa própria
História. O marechal nos adverte
do poeta, de insurgências

pretorianas. O ovo da serpente?
Dias sombrios! E o inaceitável
limite do império dos fatos!

lúcia

Mas e as questões, o rigor, a matéria
de ilusão, de esperança, de cura e
o bálsamo? Com fúria e raiva acuso
a sombra da palavra demagoga.

Exercício de poder é cumprimento
de dever por cristos momentâneos.
Sigo com o mesmo entendimento:
a matéria é sensível. Examinados

os elementos constantes dos autos,
voto: a) na prisão em flagrante delito;
e) na prisão decorrente de ordem escrita;

i) na prisão em decorrência de sentença;
o) na prisão temporária e preventiva;
u) no sentido de denegar a ordem.

04/04/2018 PLENÁRIO

HABEAS CORPUS 152.752 PARANÁ

RELATOR : FACHIN
PACTE.(S) : DA SILVA
IMPTE.(S) : MARTINS E OUTRO(A/S)
ADV.(A/S) : SEIXAS
ADV.(A/S) : PERTENCE E OUTRO(A/S)
COATOR(A/S)(ES) : DE JUSTIÇA

MATÉRIA PROVISÓRIA EM RECURSO . ATOR COMPATÍVEL A O ABUSO DESTA CORTE. ÂNCIA DE FUTURO

fruto de poder e tempo .

da silva

Numa das greves, comissão de fábrica,
o acordo era bom, que a peãozada
bebesse a 'dosinha' da tarde ousada

Um ano pelego com ar de vingança:
o prestígio de cem, quatrocentos dias:
uma greve até o fim da História.

Pagar ninguém aguentava. Se era leite,
luz, gás, dinheiro de pão, ninguém
aguentava: sofrer. E na derrota vencemos.

Fui preso e sabia que greve é valor
real da teoria do agora. Por isso digo
todos os dias, em clima de guerra,

dormir, nem mesmo a inocência
e a honestidade dormem sem a arma
do crime. Mas eu, eu durmo com a

coragem. Um ladrão não estaria
exigindo provas. Tenho 70
horas de Jornal Nacional 70 capas

de revista com ataques ao metalúrgico
de sonhos. Sim, eu sonhei, esse crime
eu cometi e quero seguir sonhando

com a prisão dos ricos. Pois há algo
chamado responsabilidade. Há outra
chamada golpe. E o golpe galopa.

Fui condenado a três anos. Um juiz
entendeu que não preciso de armas,
tenho uma língua ferina. E é chegada

a hora da onça beber água. habeas
corpus que nada. O problema do país
chama-se consciência do povo.

Tentarão acabar com minhas ideias,
mas elas já pairam no ar que respiram;
com meus sonhos, mas já sonho

pela cabeça, e pelo coração do povo.
Vou enfrentá-los sem medo,
irei na barba de cada um deles.

E digo: ninguém segura a primavera.
De cabeça erguida, estejam certos,
esse pescoço não baixa ________ .

Posfácio

Num poema conhecido, Brecht pergunta "Quando a sua Invencível Armada se afundou Filipe de Espanha chorou. E ninguém mais?" A pergunta me faz recordar a própria noção de que a História é *testemunhada*: os eventos são assistidos pelos que partilham uma época, audiência de acontecimentos, protagonizados por notáveis, que se perenizam em documento e monumento. Mas Brecht desloca ligeiramente isso: o choro do rei se registrou, mas além do monarca, quem o viveu?

Os eventos associados à documentação institucional que se tornou a matéria-prima deste *habeas corpus* são parte de minha história. Habitei o mundo desses pronunciamentos, ouvi e li essas sentenças no calor da hora, e o que esses poemas fazem retornar a mim é a memória de um amargor, um embaraço de emoções em um momento infeliz. Vivi os discursos dos quais se originou esse livro, e esses discursos me tocaram e transtornaram muito além do que seria possível ao meramente informativo. Eram parte da massa discursiva da notícia, da esfera pública, mas sua punção subjetiva e privada era semelhante à da mensagem que noticia a aflição e o sofrimento de um ente querido.

Evocando Faulkner, o passado sequer passou ainda. Essa história, da qual aqui se fala, foi, é vivida por nós, e continua, agora, pois para quem a vive a história brasileira é assim e talvez toda história seja assim. Douglas Pompeu – à maneira do que, antes, Roy David Frankel fez em seu *Sessão* (Luna Parque, 2017) – manuseia e manipula um arquivo, o inventário de sentenças dos juízes do STF, referidas a um pleito por habeas corpus por parte de Luís Inácio Lula da Silva. Fazendo isso, ele reitera que o arquivo está vivo, com toda sua potência ambígua e contraditória. E em sua reencarnação como poema, o arquivo retorna à minha vida, e ao desejo de viver outra vida, melhor, possível. Inacreditavelmente, esse desejo perdura, e está aqui nesses poemas também. "Frederico II ganhou a guerra dos sete anos. Quem mais a ganhou?", pergunta mais uma vez Brecht. Os poemas desse livro de Pompeu são para mim poemas de guerra.

Antonio Marcos Pereira

Este livro foi impresso na gráfica PSI7,
em papel pólen natural 80 g/m^2 e cartão 250g/m^2
e composto em Garamond.